A. B.

UN

MARIAGE MANQUÉ

(CONTE ARCHÉOLOGIQUE)

Caput artis, decere
(Cic.)

DIJON

LIBRAIRIE DAMIDOT

1, Place d'Armes, 1

—

1890

UN

MARIAGE MANQUÉ

(CONTE ARCHÉOLOGIQUE)

A. B.

UN
MARIAGE MANQUÉ

(CONTE ARCHÉOLOGIQUE)

Caput artis, decere
(Cic.)

DIJON

LIBRAIRIE DAMIDOT

1, Place d'Armes, 1

—

1890

PRÉFACE

Un conte archéologique et même esthétique, dites-vous.

— Pourquoi pas? Il y a bien des contes philosophiques, moraux, historiques....

— Enfin, essayez.

— Essayons.

UN MARIAGE MANQUÉ

I. — A OLYMPIE

La Grèce, assemblée à Olympie, célèbre les jeux de la 51ᵉ Olympiade (576-575 av. J.-C.). Les sacrifices solennels en l'honneur de Zeus, des autres dieux et des héros, ont été accomplis par les prêtres d'Elis et par les députés ou théores des États qui prenaient part à la fête. Les exercices du stade, la course, la lutte, le pugilat ont eu lieu ; les spectateurs viennent de se porter en foule dans l'hippodrome qui s'étend au sud du stade dans la direction de l'Alphée. Les deux Hellanodices ou juges du concours sont assis, vêtus de pourpre, sur un siège élevé, à l'extrémité de l'arène ; deux spectateurs, un Eléen et un habitant de Sicyone venu pour la première fois à Olympie, causent entre eux en attendant le signal des jeux.

LE SICYONIEN.

Belle fête et riante contrée ! Je suis arrivé hier à Olympie ; vous êtes d'Elis ; puis-je vous interroger ?

L'ÉLÉEN.

A votre aise, étranger ; si les Grecs se réunissent, c'est pour s'instruire les uns les autres, et se mieux connaître ; d'ailleurs vous êtes notre hôte ; répondre aux questions d'un hôte fait partie de l'hospitalité.

LE SICYONIEN.

Je connais déjà, mais de nom seulement, votre Althis, votre Cronion, votre Olympos. C'est bien l'Althis, n'est-ce pas, cette enceinte verdoyante au milieu de laquelle en aperçoit çà et là une colonnade ou un fronton?

L'ELÉEN.

Oui. L'Altis, c'est Olympie ; c'est la Grèce en raccourci ; les principaux dieux y ont des temples et des autels ; les principaux États y ont leur trésor qui témoigne de leur richesse et de leur gloire. Nous nous souvenons encore de la victoire d'un de vos rois, Myron, à la course des chars, en lisant sur une chambre d'airain entourée de colonnes doriques : « L'airain pèse 500 talents. C'est l'offrande de Myron et des Sicyoniens. »

LE SICYONIEN.

C'est là un souvenir qui remonte haut, à 28 olympiades environ ; il n'en est pas moins vivant d'ailleurs à Sicyone. Nous serions au comble de nos vœux si notre roi Clisthène remportait aujourd'hui la victoire qu'il est venu disputer.

L'ELÉEN.

Aie bon espoir, étranger. Vos chevaux sont célèbres dans toute la Grèce par la finesse et la beauté de leur race. Homère n'a-t-il pas vanté, avec Sicyone, la ville aux vastes chœurs, cette cavale que votre roi Echépolos avait donnée à Agamemnon?

Clisthène vaut mieux qu'Echépolos, il faut l'avouer ;
car Echépolos acheta par ce don la permission de
ne point prendre part à l'expédition de Troie ; sa
générosité fut une défection ; au contraire Clisthène
a combattu vaillamment pour les dieux, dans la
guerre de Cyrrha.

LE SICYONIEN.

Tu peux ajouter, étranger, que ses chevaux ne
doivent pas le céder à ceux d'Echépolos, car il y a
juste dix ans, il a remporté le prix de la course en
chars aux jeux isthmiques.

L'ÉLÉEN.

La renommée en est venue jusqu'à nous. Clisthène
est heureux partout, à la guerre et dans les jeux.
Voilà de la vraie gloire. Pourquoi donc est-il tant
jaloux d'Agamemnon ? on dit qu'il a interdit à Sicyone les récitations d'Homère, parce qu'Homère a
chanté Argos et les Argiens. Les temps sont changés
depuis Echépolos, ce roi tributaire d'Agamemnon ;
mais ce changement fait honneur à Sicyone et à ses
princes.

LE SICYONIEN.

Les Argiens ont toujours un fort parti à Sicyone,
et ce parti est composé de familles nobles, la plu-
part opposées au peuple. De là la défiance et peut-

2

être la jalousie de Clisthène qui d'ailleurs est un homme juste et règne selon les lois.

L'ELÉEN.

Je comprends, mais faire la guerre à Homère, c'est plus que faire la guerre aux Argiens, c'est la faire à tous les Grecs. Les rhapsodes bannis de Sicyone diront seulement : « Clisthène est l'ennemi des Muses ; Clisthène, dans son orgueil, veut abolir le souvenir de la guerre de Troie. » On les écoutera. Clisthène a besoin d'être victorieux aujourd'hui, pour ne point déchoir dans l'esprit des Grecs. — Mais regardons : les chars ont pris leur place, la foule se tait ; les yeux se tournent vers les Hellanodices ; on attend le signal de la course.

LE SICYONIEN.

Que de concurrents! On en compterait plus de quarante. Comme tous les chars peints et dorés resplendissent sous l'éclat du soleil! comme les plaques de métal brillent sur les harnais, sur les brides, jusque sur les aiguillons dans les mains des écuyers!

L'ELÉEN.

Les chars s'élancent. C'est Mégaclès qui tient la tête, Mégaclès le fils de cet Alcméon, qui, il y a quelques années, remporta le prix des quadriges aux

jeux olympiques. Vous savez son histoire : Crésus,
le roi de Lydie, lui avait permis d'emporter tout l'or
qu'il pourrait prendre en une seule fois ; il en rem-
plit une ample tunique et de larges cothurnes pré-
parés pour la circonstance ; il en saupoudra ses
cheveux ; il en chargea même sa bouche ; de là sa
fortune, de là son luxe en chevaux, de là ses vic-
toires.

LE SICYONIEN.

Oui, les nobles de famille riche et les tyrans peuvent
seuls concourir. Le second n'est-il pas le Cypsélide
Psammétichos, fils de Périandre et tyran de Corinthe ? La ville est opulente, comme en témoignent
tant de beaux ouvrages en or, offerts à Delphes par
les Corinthiens, et les Cypsélides sont encore plus
opulents, ayant dépouillé les principales familles de
Corinthe. Voilà ce que n'a pas fait et ne ferait pas
notre sage tyran Clisthène. Les dieux lui devraient
la victoire pour sa modération et son humanité, mais
il n'est jusqu'ici que le troisième.

L'ÉLÉEN.

Patience ! Les chevaux arrivent près de l'autel de
Taraxippos. C'est le moment décisif.

LE SICYONIEN.

En effet, j'ai entendu dire qu'en cet endroit, sans
cause apparente, les chevaux étaient saisis d'une

subite frayeur. Quel est donc le *daimôn* qui les trouble ainsi?

On ne sait, étranger. C'est l'ombre d'un compagnon d'Hercule, tué là même, disent les uns. C'est Myrtile, l'écuyer d'Œnomaos, disent les autres; l'histoire ne doit pas vous être inconnue; pour épouser Hippodamie, il fallait vaincre, à la course des chars, Œnomaos, le père de la jeune fille; Myrtile, gagné par le prétendant Pélops, ôta les clous qui maintenaient les rayons des roues dans la jante; le char d'Œnomaos se renversa, les chevaux s'emportèrent, Pélops fut vainqueur. Mais Pélops, ingrat, tua Myrtile qui réclamait le prix de sa trahison; puis il lui éleva ici même un autel, en expiation. Les chevaux, en passant devant le tombeau, sentent la présence d'un ennemi. Selon d'autres encore, c'est l'ombre d'Œnomaos qui cherche à venger sa défaite. Peut-être Taraxippos n'est-il qu'un autre nom de Poseidon équestre qui intervient pour décider la victoire.

S'il en est ainsi, Mégaclès l'emportera; ses chevaux, dit-on, sont issus du fameux cheval que Poseidon fit jaillir du sol dans sa lutte contre Athéna.

On peut expliquer les volontés des dieux, non les

prévoir. Et tenez, voyez l'émoi des spectateurs les plus voisins de l'autel. L'accident inévitable est survenu. Taraxippos est fidèle à lui-même. Mais quelles sont les victimes?

LE SICYONIEN.

Ecoutons; de vagues rumeurs circulent et viennent jusqu'à nous. Mégaclès a butté contre la borne ; ce n'est pas Poseidon qui l'a perdu. Mais l'ombre de Taraxippos elle-même s'est jetée, dit-on, au devant de Psammétichos, comme pour se venger d'avoir été prévenue par l'accident de Mégaclès.

L'ELÉEN.

Voilà bien, en effet, le char de Clisthène qui sort d'un nuage de poussière. Il est de plus en plus visible. Entre le reste des concurrents et lui, la partie n'est plus égale. Voyez-le : il se penche à peine sur ses chevaux ; il les laisse, pour ainsi dire, achever seuls la victoire. Clisthène est un homme fortuné. Ecoutons la voix du héraut.

LE HÉRAUT.

Hellènes assemblés à Olympie, voici les paroles que les Hellanodices m'ont chargé de vous faire entendre. La branche d'olivier coupée dans l'Althis avec une lame d'or par un jeune Éléen, et tressée en couronne, appartient à Clisthène, vainqueur dans

la course des chars. La patrie de Clisthène est Sicyone sur laquelle il règne et qui lui doit aujour-
d'hui un nouveau lustre. Il est fils d'Aristonyme,
petit-fils de ce Myron qui a déjà remporté la palme
olympique ; il est issu de la puissante maison des
Orthagorides.

LE SICYONIEN.

Ce sont là toutes choses que je connais bien ;
mais je suis fier de voir qu'elles seront désormais
connues de toute la Grèce.

L'ELÉEN.

Un second héraut se détache du groupe qui en-
toure Clisthène. Sans nul doute, Clisthène s'apprête
à célébrer sa victoire avec une pompe toute nouvelle.

LE SECOND HÉRAUT.

Hellènes assemblés à Olympie, voici les paroles
que Clisthène, fils d'Aristonyme, tyran de Sicyone,
m'a chargé de vous faire entendre. En arrivant près
du but, il a aperçu la statue d'Hippodamie, tenant
une bandelette et s'apprêtant à couronner Pélops.
Il s'est rappelé qu'Hippodamie avait été le prix d'un
concours. Danaos, le roi d'Argos, plaça successive-
ment chacune de ses filles à l'extrémité de la lice et
il choisit pour gendre, parmi les prétendants, le
vainqueur à la course. Antée, le roi de Libye, fit de

même ; sa fille, parée de riches vêtements, se tenait debout à l'extrémité de l'arène : elle fut le prix d'Alcidamas, qui le premier toucha son voile. Clisthène a une fille aussi belle, aussi habile dans les ouvrages de femmes qu'Hippodamie, que les filles de Danaos, que la Libyenne, fille d'Antée. Il ne la fera pas descendre dans le stade ni dans l'hippodrome : autres temps, autres mœurs. Mais il la donnera, après différentes épreuves, à celui qu'il aura jugé le plus parfait d'entre les Grecs. Que tout Hellène qui se juge digne de devenir le gendre de Clisthène se rende dans six jours ou même plus tôt à Sicyone ; car Clisthène prétend faire connaître sa décision de six jours en un an. Les prétendants trouveront à Sicyone une royale hospitalité ; et ceux qui échoueront, loin d'avoir à craindre un sort funeste, comme les prétendants d'Hippodamie, ne retourneront pas sans présents dans leur patrie.

L'ÉLÉEN.

Clisthène est un homme habile ; il sait profiter de la victoire pour le bonheur des autres et sa plus grande gloire. Les yeux de toute la Grèce vont se fixer, pendant toute une année, sur Sicyone, comme ils sont fixés aujourd'hui sur son roi. — Entendez-vous comme les Hellènes, un moment étonnés, saluent de leurs cris joyeux la résolution de Clisthène ?

Chaque peuple s'imagine déjà avoir donné naissance à l'heureux époux d'Agariste, la fille de Clisthène.

LE SICYONIEN.

Voilà un concours d'un nouveau genre qui vaut bien le concours des quadriges; l'Elide du reste n'en sera pas jalouse, car il ne pourra être renouvelé bien souvent. Clisthène sera l'an prochain l'Hellanodice unique ; vous viendrez, mon cher hôte, entendre son jugement et assister aux réjouissances qui ne manqueront pas de précéder un pareil mariage.

L'ELÉEN.

Avec plaisir, étranger. A Sicyone donc, dans un an et six jours.

II. — A SICYONE

1. — DANS LE GYNÉCÉE

Un an s'est écoulé depuis la victoire de Clisthène. Le tyran de Sicyone doit choisir l'époux de sa fille dans six jours. Agariste, enfermée dans son appartement, n'en sortant que pour porter, les jours de fête, des offrandes dans les temples des dieux, n'a point vu les prétendants, et ceux-ci l'ont à peine entrevue. Mais elle sait par sa vieille nourrice tout ce qui se passe à la cour de son père.

AGARISTE.

Où m'envoies-tu aujourd'hui, nourrice? car tous les jours presque, tu changes ma destination. Tantôt je pars pour l'opulente ville de Sybaris avec Smindyride, fils d'Hippocrate, ou Damase, fils du sage Amyris ; tantôt je suis Malès en Etolie. J'ai voyagé ainsi en imagination à Argos avec Léocède, fils du tyran Phédon, en Elide avec Onomaste, en Arcadie, en Eubée, jusqu'en Thessalie et chez les Molosses.

LA NOURRICE.

Vous savez bien que tous ces prétendants, auxquels vous faites allusion, ne sauraient être agréés par votre père. Léocède est d'Argos; c'est tout dire. On ne chasse pas Homère comme partisan des Argiens, pour faire de sa fille une Argienne. Malès est un athlète invincible, mais il est farouche comme

son pays, presque comme son frère Tithorme qui,
dit-on, se retira jusqu'aux extrémités de l'Étolie
pour fuir les hommes, ce qui ne fait pas l'éloge de
Tithorme ou de l'Étolie habitée ; il n'aime ni la mu-
sique ni les arts, tort grave aux yeux de Clisthène !

AGARISTE.

Si tels sont les goûts de mon père, Athènes seule
a quelque chance de me posséder. Te le dirai-je,
nourrice ? après Sicyone, il me semble qu'Athènes
doit être la ville la plus chère aux dieux, la plus
brillante, la plus féconde en vertus et en talents.
Au milieu de ses préoccupations, j'ai entendu mon
père regretter de n'être pas tyran d'Athènes.

LA NOURRICE.

Si vous avez une préférence pour Athènes, ne serait-
ce point un peu à cause d'Hippoclide, fils de Tisandre,
dont je vous ai tant de fois raconté les prouesses et
les saillies ? Les autres prétendants sont braves ; mais
Hippoclide est brave avec sang-froid, avec adresse,
avec élégance. La dernière chasse dans les forêts du
Cyllène l'a fait grandir encore dans l'estime de
Clisthène.

AGARISTE.

Quoi donc ? qu'a-t-il fait ? quel danger a-t-il
couru ? pourquoi ne m'en as-tu rien dit plus tôt ?

LA NOURRICE.

Rassurez-vous. Les dieux protègent Hippoclide, qui d'ailleurs leur laisse peu à faire, et le réservent sans doute à de brillantes destinées, Clisthène aidant. Voici le fait : Laphane, fils d'Euphorion, tenait son épieu en avant, pour recevoir le choc du sanglier ; mais celui-ci, d'un coup de tête, fait tomber l'arme. Laphane se jette à terre et s'attache étroitement au sol de manière à ne pas donner prise aux défenses du sanglier qui le foule aux pieds. Hippoclide accourt ; de son épieu il excite le sanglier, mais se garde de lui porter une blessure, de peur de blesser Laphane en même temps. La bête furieuse se retourne contre Hippoclide. Laphane se relève, mais avant qu'il se fût remis de son émoi, Hippoclide, poussant au sanglier, lui avait enfoncé le fer entre les omoplates dans la gorge, jusqu'aux croisées de la lame. Laphane, dit-on, est à demi reconnaissant ; il aurait voulu qu'Hippoclide, en le sauvant, lui laissât les périls et les honneurs de la victoire. Hippoclide affirme que telle était son intention, mais que le sanglier s'est enferré ; cette délicatesse de sentiments relève encore la gloire d'Hippoclide.

AGARISTE.

Pauvre Laphane ! Les Dioscures, que son père Euphorion reçut autrefois dans sa demeure, n'ont

guère eu pitié de lui ! Il est dur de devoir son salut
à un rival.

LA NOURRICE.

Vous plaignez Laphane, c'est d'un bon cœur ;
vous ne le plaindriez peut-être pas tant, si votre
père lui donnait la préférence sur Hippoclide.

AGARISTE.

Peut-être, mais aussi n'aurait-il besoin de la
pitié de personne.

LA NOURRICE.

Je ne vous dis pas cela pour vous ôter confiance
dans les intentions de votre père. Hippoclide est
cher à Clisthène pour bien des raisons ; sa gaieté,
son esprit, ont comme transporté Athènes à Sicyone.
Puis il a des liens de parenté avec les Cypsélides de
Corinthe ; c'est une alliance toute trouvée, le cas
échéant, contre les Argiens et les Spartiates. Hippoclide n'a contre lui que deux choses, son admira-
tion pour Homère qu'il ne dissimule peut-être pas
assez, et aussi un certain mélange d'enthousiasme
et d'insouciance qui le porte à suivre ses propres
inspirations, au risque de froisser les uns ou les
autres.

AGARISTE.

Qu'importe si ces inspirations sont celles d'une

âme droite et d'un esprit juste? La contrainte, m'as-tu dit, n'est pas en honneur chez les Athéniens.

LA NOURRICE.

Sans doute, mais nous sommes à Sicyone, non à Athènes. Clisthène, lui-même, tout en admirant Athènes, juge quelquefois qu'elle recèle en son sein un germe de corruption et se demande si l'influence de cette ville, dépourvue de contre-poids, ne pourrait pas être un jour fatale à l'Hellade.

AGARISTE.

S'il en est ainsi, que ne puis-je parler à Hippoclide! Il me semble que la prudence s'enseigne et qu'une femme, par cela seul qu'elle est plus craintive et moins fière, voit mieux les écueils.

LA NOURRICE.

Que dites-vous là, mon enfant? vous savez bien que des jeunes filles ne peuvent paraître devant les hommes. On dit qu'à Athènes cette sage coutume a été mise en oubli une ou deux fois; mais les hommes sensés d'Athènes ni d'ailleurs n'ont approuvé un pareil exemple. Priez la déesse Athéna, qui protège Athènes, d'inspirer au jeune Athénien les pensées que vous voudriez faire naître en son âme. D'ailleurs, le temps approche où Clisthène doit choisir son gendre ; Hippoclide, en six jours, ne saurait détruire l'œuvre d'une année.

AGARISTE.

O ! déesse Athéna, si je dois vivre loin de Sicyone, accorde-moi la grâce d'habiter la ville qui t'est chère entre toutes !

2. — LE REPAS ; LE CHOIX D'UN GENDRE

Le jour qui doit décider entre les prétendants est arrivé ; Clisthène a fait orner de bandelettes les temples des dieux, comme aussi le Palais du Conseil et le portique élevés avec les dépouilles qu'il avait rapportées de la guerre de Cirrha. Cent bœufs ont été sacrifiés comme aux temps héroïques ; les prétendants ont été conviés à un repas magnifique dans le palais de Clisthène ; la salle où ils sont réunis s'ouvre sur une vaste cour entourée de portiques où les Sicyoniens sont traités presque avec le même luxe que les prétendants ; le Sicyonien et l'Eléen, qui aux jeux olympiques de l'année précédente s'étaient donné rendez-vous à Sicyone, occupent une place toute voisine de la grande salle du festin ; ils peuvent suivre ce qui s'y passe, entendre ce qui s'y dit ; déjà le repas est terminé ; sur un signe de Clisthène, les esclaves ont emporté les plats et balayé le parquet en mosaïque. Les prétendants ont ceint leur tête de bandelettes parfumées et se sont couronnés avec ces guirlandes, faites de roses et de myrte, pour lesquelles Sicyone était déjà célèbre dans toute la Grèce. On apporte un vaste cratère d'argent avec griffons en saillie et sur la panse duquel se déroule un chœur bachique. Selon la coutume grecque, le *symposion*, cette joyeuse prolongation du repas au milieu des coupes, cette réjouissance nocturne qui tient à la fois de l'enthousiasme et de l'ivresse, va commencer.

L'ELÉEN.

Mon cher hôte, je me réjouis d'avoir cédé à votre invitation. Sicyone est une ville opulente, admirablement située ; son tyran efface la gloire de Périandre,

— 23 —

l'ancien tyran de Corinthe; ses fêtes sont magnifi-
ques; il se pourrait qu'Agariste perdît au change.

LE SICYONIEN.

Non, si elle doit vivre à Athènes, Athènes est en
tout temps ce que Sicyone est aujourd'hui, le séjour
des hôtes les plus aimables et les plus illustres;
elle-même a une société d'élite composée de nombreux Mégaclès et de nombreux Hippoclides. Mais
écoutons; les hôtes de Clisthène entonnent le Pæan.

LES CONVIVES EN CHŒUR.

O Apollon et Artémis, vous qui êtes venus autrefois dans l'Egialée, après le meurtre du serpent
Python, pour y accomplir des cérémonies expiatoires;
vous, qui, saisis d'une subite frayeur, avez dû vous
réfugier en Crète; vous qui avez envoyé le fléau de
la peste, puis l'avez détourné de cette contrée à la
prière des jeunes filles de Sicyone; vous qui, sen-
sibles aux paroles persuasives, avez consenti à venir
habiter le temple de la Persuasion; vous, dont la
vengeance et les bienfaits sont célébrés tous les ans
dans une cérémonie solennelle, continuez à protéger
Sicyone et son peuple et son roi; et si jamais Agariste, conduisant les chœurs sacrés, vous a réjouis par
sa grâce et sa piété, veillez sur elle, quelque part
qu'elle doive aller; veillez sur son époux, quel qu'il
doive être.

CLISTHÈNE.

Puissent Artémis et Apollon vous entendre ! Maintenant, mes hôtes, réjouissons-nous, suivant la coutume des ancêtres et comme il convient à l'élite des Grecs. Voici la cithare et la branche de laurier qui doivent passer de main en main. Je réciterai le premier *scolion*; c'est l'illustre Solon qui me l'a appris. A vous de suivre.

Observe bien tout homme;
Tel couve la haine en son cœur
Qui t'accueille avec un visage ouvert
Et dont la langue à double tranchant
Est au service de noirs desseins....

DAMASE, prenant la cithare.

Que ne peut-on ouvrir la poitrine de l'homme,
Reconnaître des yeux ce qu'il est,
Puis, le tout bien refermé,
Faire son ami de celui qui le mérite !

MÉGACLÈS.

Quelle que soit la ville où tu résides,
Montre pour ses habitants une entière complaisance ;
Par là surtout tu gagneras leur sympathie ;
Une humeur altière et farouche
Prépare une victime au malheur.

LE SICYONIEN.

Vous avez reconnu le *scolion* célèbre de Bias. Ecoutez Smyndaride; cette fois Pittacus a fait les frais. Les sept sages y passeront et quelques autres encore.

L'ELÉEN.

Les prétendants n'ont pas le talent d'improviser, ce semble; mais ils ont bonne mémoire. Voici le tour d'Hippoclide : on écoute avec un certain recueillement; on semble attendre de lui plus que des autres.

LE SICYONIEN.

C'est qu'il sait plaire à Clisthène; c'est aussi qu'il se distingue en tout de ses concurrents.

HIPPOCLIDE.

Amis, si vous m'en croyez, cessons de nous souvenir.
Laissons les préceptes aux sages :
La déraison aussi a ses droits ;
Livrons-nous à la douce fantaisie :
Où règnera-t-elle, sinon dans les banquets ?
Se plaire à soi, c'est souvent la sagesse ;
C'est souvent l'art de plaire à tous.

LE SICYONIEN.

Tous les prétendants applaudissent ; Clisthène aussi, mais je ne sais pourquoi, son visage me paraît moins épanoui.

HIPPOCLIDE.

Et maintenant, si le précepte vous agrée, je le mettrai en pratique. O joueur de flûte, tu n'es pas ici pour entendre ou pour accompagner des leçons

4

de sagesse. La cithare même ne s'y prête pas toujours. Joue-moi un air de danse.

L'ELÉEN.

C'est là un divertissement prévu et qu'Hippoclide a coutume sans doute de donner aux prétendants et à Clisthène.

LE SICYONIEN.

Sans doute, mais le bel Hippoclide voudra se surpasser. — Il marche avec lenteur, avec gravité même, mais non sans grâce ; la tête, les bras et les mains remuent à peine, mais sans conserver la moindre raideur ; on sent que tous ses muscles se contiennent, mais qu'ils pourraient se déployer avec une rare souplesse ; c'est l'*Emméleia*, la danse décente par excellence, la danse pieuse, la danse de nos chœurs en l'honneur des dieux.

L'ELÉEN.

Le mouvement s'accentue ; les pieds se soulèvent et portent sur la pointe ; on dirait que le corps tout entier veut s'élancer dans les airs. La joie et le contentement se répandent sur le visage d'Hippoclide, semblent pénétrer dans tous ses membres et leur donner je ne sais quelle vivacité pleine de grâce. C'est pour lui qu'il danse en ce moment, n'en doutons pas, non pour les spectateurs qui le contemplent avec un mélange de plaisir et d'étonnement.

LE SICYONIEN.

C'est Clisthène surtout qui m'intéresse en tout ceci. Il n'est pas homme à se laisser séduire par l'engouement général; il serait même porté à y résister, s'il croyait la politique ou les mœurs en jeu.

L'ÉLÉEN.

C'est un vrai roi, attentif à tout, même aux petites choses et qui prévoit de loin. Cependant l'art, l'art de la danse même, a aussi ses franchises qu'il faut respecter. Mais voilà Hippoclide qui s'arrête. Est-ce fatigue? On ne le dirait pas, tant on sent peu chez lui l'effort et les suites de l'effort. Est-ce pour passer à un nouvel exercice?

LE SICYONIEN.

N'en doutez pas. Les Athéniens, en fait d'art, ne sont contents que quand ils raffinent, et Hippoclide est deux fois athénien. — On apporte une table par son ordre. Il y monte. A merveille'! Le voilà, comme sur des tréteaux, bien en vue, non seulement pour les prétendants, mais pour tous les Sicyoniens et pour les étrangers ici rassemblés. En cet étroit espace, il a la même aisance, la même sûreté qu'à terre.

L'ÉLÉEN.

Si je ne me trompe, Hippoclide exécute là des figures doriennes; elles ne sont peut-être pas exemptes d'une certaine rusticité, mais elles demandent une souplesse extrême jointe à une rare énergie; elles sont viriles et guerrières; tantôt c'est une marche entrecoupée de sauts; tantôt une suite de sauts sur place, en avant et en arrière; dans ces sauts, tantôt les pieds se croisent rapidement et plusieurs fois, tantôt les jambes se replient et les pieds touchent les parties charnues du corps. Les figures imitatives ne manquent pas. Hippoclide se jette sur l'ennemi;— il se retire victorieux; — le voilà qui pare un coup par un léger mouvement du corps, puis un autre par un bond de côté; — ses regards mobiles suivent des mouvements imaginaires, épient une occasion feinte; bras et jambes prennent les postures requises par je ne sais quelle disposition d'ennemis invisibles. Le cou lui-même participe à cette agitation, à la fois violente et rythmée. Il n'est point un membre, point un muscle, point un sens qui ne soit actif et ces mouvements divers se complètent, se lient étroitement entre eux, et tout en se conformant à la mélodie de la flûte, semblent porter en eux-mêmes leur mélodie.

LE SICYONIEN.

Oui, Hippoclide nous donne le spectacle d'une rare perfection. Dorien pour un moment, il a surpassé les Doriens les plus expérimentés dans leurs danses nationales. Mais voici des poses d'un genre plus tranquille et surtout plus aimable, des poses attiques. Hippoclide exécute la danse du satyre. Il a l'air de porter un thyrse sur son épaule ; le bras droit est étendu ; les doigts semblent comme posés sur le manche ; la tête est rejetée en arrière ; — il feint maintenant de tenir le thyrse tout droit et loin du corps, et les yeux fixés sur ses pieds il en suit les mouvements avec complaisance. Il joue de la lyre ; — — il promène sur ses lèvres la flûte de Pan ; — d'une main il tient le canthare, de l'autre le rhyton, laissant le vin s'écouler d'un vase dans l'autre. — On dirait qu'il enlève une bacchante entre ses bras et qu'il danse avec elle ; — il se cambre sur une jambe, étend la main droite, et de la main gauche semble serrer contre son épaule et ses flancs la bacchante, qui, d'un bond, aurait pris cette nouvelle posture. — Vous croiriez voir maintenant un Ganymède, un jeune serviteur du repas ; — d'une main il tient la coupe serrée contre le pli de la hanche et de l'autre soutient le cratère posé sur son épaule ; — le voilà qui verse, tout en dansant, le vin dans les coupes des convives ; — il porte sur la tête le calathos rempli de fruits ; — à deux mains il a saisi le cottabos, et, toujours dansant, fait le geste de lancer avec la coupe le reste de vin qui doit faire pencher le plateau.

L'ELÉEN.

Ce jeu vient de Sicile, dit-on, mais nulle part, dit-on, il n'a trouvé plus de faveur qu'à Athènes. C'est bien à Athènes que nous sommes, non à Sicyone.

LE SICYONIEN.

Hippoclide finira, j'en ai peur, par trop dépayser Clisthène. — Pour se reposer, le voilà qui appuie la tête sur la table et lentement élève ses pieds en l'air ; mais ce repos n'est pas de longue durée, du moins pour les jambes qui frappent l'air en cadence et semblent vouloir être regardées pour elles-mêmes, le reste du corps demeurant immobile ou n'opérant sur la tête qu'un mouvement de conversion. Il cesse ; tous applaudissent; Clisthène fait signe qu'il veut parler. Serait-ce le moment décisif?

CLISTHÈNE.

Hippoclide, fils de Tisandre, c'est toi que depuis longtemps j'avais choisi dans ma pensée comme mon gendre ; mais tu danses comme un histrion, et un histrion ne saurait être le mari d'Agariste.

HIPPOCLIDE.

O Clisthène, fils d'Aristonyme, de ce mariage, Hippoclide, fils de Tisandre, ne se soucie. Si tu en doutais, tu le connaîtrais mal.

CLISTHÈNE.

Non, je n'en doute pas, et cela même diminue mes regrets. O mes hôtes, un de nos sages a dit : de tout un peu ; en rien il ne faut dépasser la mesure. C'est dans les arts que ce principe est surtout vrai. Il y a des danseurs de profession; laissons-leur les raffinements de la danse. A nous de les voir, de les applaudir, non de les imiter; si nous les imitons, que ce soit avec les différences que comporte notre dignité. Athènes est la patrie des arts; j'ai peur qu'elle ne soit plus un jour qu'une nation d'artistes. Un peuple doit toujours pouvoir dire : nous aimons le beau sans mollesse. Il y a dans l'art un principe divin, mais aussi je ne sais quel attrait corrupteur ; l'art est la meilleure des choses; il peut devenir la pire de toutes, et cela en croyant se surpasser, en se surpassant même. Pardonne-moi, ô Mégaclès, cette leçon adressée à ta patrie; je sais d'ailleurs le moyen de mériter ton indulgence, c'est de te donner Agariste. Tu es brave et magnanime; tu es d'illustre famille ; tu aimes les arts, tu les cultives, mais en les cultivant, tu t'inspires d'un art supérieur qui les combine avec la décence et la dignité. La vie aussi est un art, le premier de tous; les autres ne sont là que pour la parer, non pour la gâter et l'avilir. Je connais les vertus et les mérites de tous mes hôtes et je voudrais les honorer tous, autant qu'ils en sont dignes ; ne le pouvant suivant mon gré, du moins je donnerai à tous (et je n'excepte pas Hippoclide, dût-il me répondre que de mes dons il ne se soucie), je donnerai, dis-je, un talent d'argent, pour reconnaître l'honneur que vous avez fait à Sicyone et à son roi, et pour vous faire oublier les ennuis inséparables d'une longue absence.

MÉGACLÈS.

J'emmènerai Agariste, ô Clisthène, et le mariage sera célébré suivant l'usage attique. Puisse cet hymen unir à jamais nos deux maisons et de plus nos deux villes, Athènes et Sicyone !

LES PRÉTENDANTS.

Chantons, hymen, ô hymenée, en l'honneur de Mégaclès. Nous te remercions, ô Clisthène, de ton hospitalité. Nous emporterons chez nous des regrets, mais aussi le souvenir de joyeuses et brillantes journées.

L'ELÉEN.

Que les temps sont loin où les prétendants évincés devenaient les ennemis du prétendant heureux ! La Grèce héroïque n'est plus ; une nouvelle Grèce s'est formée à l'école des poètes et des sages ; les mœurs se sont adoucies ; là aussi, il ne faudrait peut-être pas pousser trop loin le progrès. Clisthène a raison :

bien vivre est le premier des arts, et cet art comme les autres doit fuir les raffinements.

LE SICYONIEN.

C'est bien notre avis, à Sicyone; mais à Athènes les Mégaclès, quoique alliés aux Clisthène, auront bien de la peine à combattre l'influence des Hippoclides. Agariste du moins échappera au danger de se corrompre, et de corrompre les autres par son exemple et celui de ses enfants. C'est une famille dont on parlera et sans doute pour la louer et l'admirer.

L'ÉLÉEN.

Adieu, mon hôte, je retourne à Elis, content d'avoir vu Clisthène dans sa patrie, dans sa cour, après avoir assisté à sa victoire d'Olympie, heureux d'avoir entendu les nobles paroles du tyran, et d'avoir devisé avec vous sur l'art et sur l'avenir de la Grèce.

DIJON. — IMPRIMERIE DARANTIERE.